國家圖書館出版品預行編目資料

旋轉木馬／尹玲著；莊孝先繪. ——
初版. —— 臺北市：三民，民89
面；　公分——（兒童文學叢書.
小詩人系列）
ISBN 957-14-3248-2（精裝）

859.8　　　　　89007373

網際網路位址　http://www.sanmin.com.tw

◎旋轉木馬◎

著作人　尹　玲
繪圖者　莊孝先
發行人　劉振強
著作財產權人　三民書局股份有限公司
臺北市復興北路三八六號
發行所　三民書局股份有限公司
地址／臺北市復興北路三八六號
電話／二五〇〇六六〇〇
郵撥／〇〇〇九九九八——五號
印刷所　三民書局股份有限公司
門市部　復北店／臺北市復興北路三八六號
重南店／臺北市重慶南路一段六十一號
初　版　中華民國八十九年六月
編　號　S 85483
定　價　新臺幣貳佰捌拾元整
行政院新聞局登記證局版臺業字第〇二〇〇號

ISBN　957-14-3248-2（精裝）

兒童文學叢書

・小詩人系列・

旋轉木馬

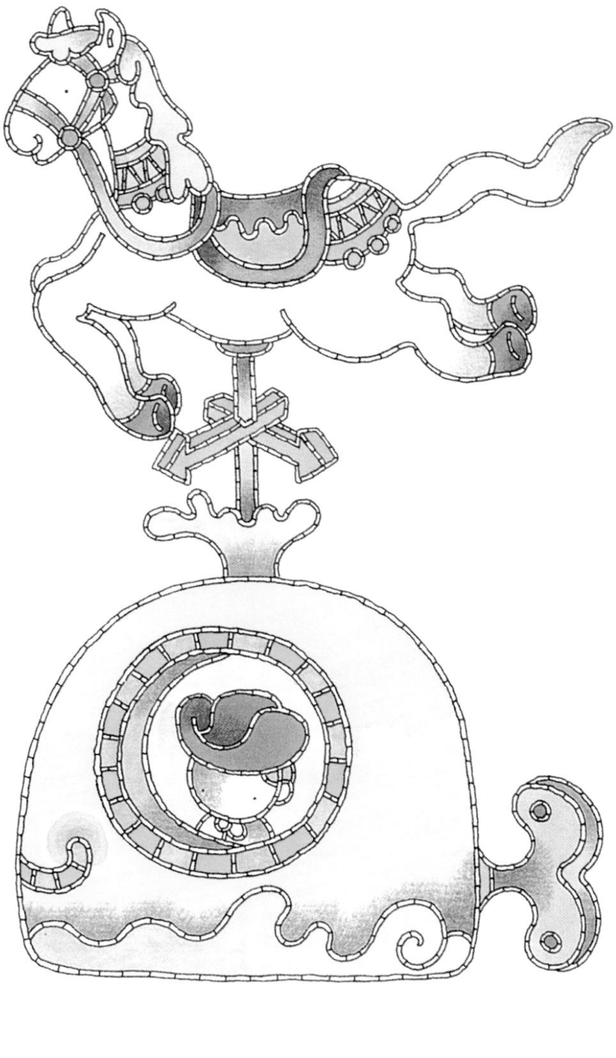

尹 玲／著

莊孝先／繪

三民書局

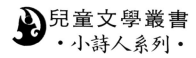

詩心・童心

——出版的話

可曾想過，平日孩子最常說的話是什麼？

「媽！我今天中午要吃麥當勞哦！」「可不可以幫我買電視上廣告的那種電動玩具！」「我好想要百貨公司裡的那個洋娃娃！」

乍聽之下，好像孩子天生就是來討債的。然而，仔細想想，這些話的背後，絕不只是貪吃、好玩而已；其實每一個要求，都蘊藏著孩子心中追求的夢想——嚮往像童話故事中的公主般美麗、令人喜愛；嚮往像金剛戰神般的勇猛、無敵。

為了滿足孩子的願望，身為父母的只好竭盡所能的購買，但孩子們總是喜新厭舊，剛買的玩具，馬上又堆在架子上蒙塵了。為什麼呢？因為物質的給予終究有限，只有激發孩子源源不絕的創造力，才能使他們受用無窮。「給他一條魚，不如給他一根釣桿」，愛他，不是給他什麼，而是教他如何自己尋求！

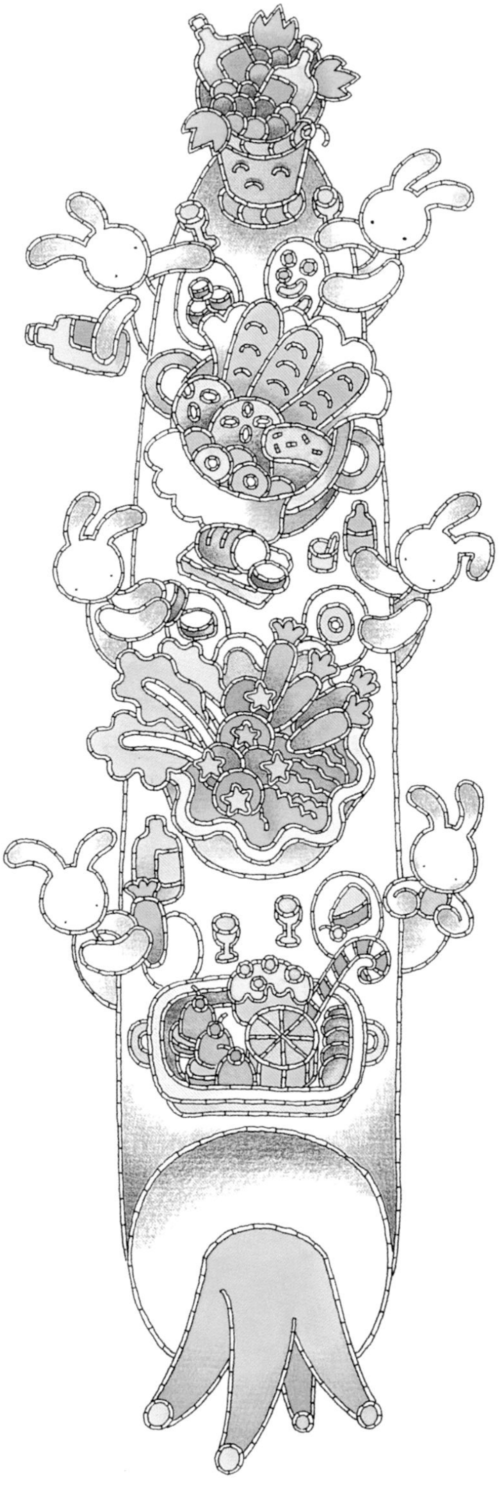

事實上，在每個小腦袋裡，都潛藏著無垠的想像力與無窮的爆發力。大人常會被孩子們千奇百怪的問題問得啞口無言；也常會因孩子們出奇不意的想法而啞然失笑；但這種不規則的邏輯卻是他們認識這個世界的最好方式。而詩歌中活潑的語言、奔放的想像空間，應是最能貼近他們跳躍的思考頻率了！

於是，我們出版了這套童詩，邀請國內外名詩人、畫家將孩子們天馬行空的想像，熔鑄成篇篇詩句；將孩子們的瑰麗夢想，彩繪成繽紛圖畫。詩中，沒有深奧的道理，只有再平常不過的周遭事物；沒有諄諄的說教，只有充滿驚喜的體驗。因為我們相信，能體會生活，方能創造生活，而詩的語言，也該是生活的語言。

每個孩子都是天生的詩人，每顆詩心也都孕育著無數的童心。就讓這些詩句在孩子的心中埋下想像的種子，伴隨著他們的夢想一同成長吧！

純真與想像

我的童年生活，幾乎都是在星光月色之下，快樂地度過。父親的藥材店，在天井上方，用木板搭了一個許多井字拼成的陽臺，白天晒藥材，晚上卻是我美麗的床鋪，眼看天上閃爍的星光，耳聽父親遠方的故事，愉快地進入甜蜜的夢鄉。我們住的城市，是依湄公河而建。黃昏在河岸散步，是母親留給我的美好回憶；但最動人的是，租來一葉小舟，躺在舟心看星月，聽河水輕柔地流動，看漁夫一網一網撒下，彷彿要將睡入河心的星月網起，更是童年和少女時代最純真最詩意的畫面。

這種真實但夢幻似的生活，長大以後再也很難尋回。都市越繁華、物質條件越好，一切就似乎都鍍上一層不再純真的外表。如何重尋往日的純真呢？文字似是具有這種功能，可以將昔日一切，一幕一幕地完全重現眼前，尤其是詩。

詩，除了具有表達意義的作用之外，更能以精簡但周密的文字篇幅，揚起音樂的節奏美感、繪出精緻的細膩畫面，靜態一如動態，比以言語說話的呈現方式更能動人，特別是加上隱喻、明喻、意象使用、想像擴大等各種技巧，往往會使一首短短的詩，能將已逝的歲月、眼前的實景、未來的可能，以及任何心情、任何感觸，都變得更加迷人。

尹玲

這本童詩集中的作品，大部分是我女兒兩歲半至七歲時的語言，換句話說，盡可能以「純真」和「想像」為主，同時也注意使畫面生動、活潑，兼顧童言童語及想像的發揮，偶爾也有小女孩的心情，更顯細緻。詩中多以大自然中的星星月亮、小橋流水、白雲彩虹、花草樹木等為題材，融合了親情、友情、對世間萬物關懷、人性、想像、夢幻等做為支撐的基礎；其中一篇〈黑面琵鷺〉寫的是目前「國際鳥類保護協會」全力保護的族群，另一篇〈翱翔在網路上〉寫的是最新的科技產物，同時也是目前與即將來臨的二十一世紀，兒童喜歡的玩具、遊戲和翱翔方式，這兩篇是比較具有當下的時代感的，其他各篇則具有長久和永恆的情致與感覺，相同的是，完全建立在「純真」的基調之上。

此外，詩中亦希望藉著詩句激起讀者的「想像」；例如：河中的星月如何「網」起來？海邊的濤聲也可以「網」住嗎？春、夏、秋、冬在水邊是什麼樣的風貌呀？「四季」真的像不停止流動的水嗎？雲怎樣旅行？在「彩虹」上「盪秋千」是多麼特別和過癮的事！〈祕密〉詩中，各種花、牆壁、玻璃、水、茶葉等都愛唱歌，〈讀畫〉讀的是花、樹所繪的畫，〈水鄉睡在水裡〉讓人想像沒有噪音的「水鄉」，幽美而靜謐，〈旋轉木馬〉則由轉呀轉的不停的木馬，想像馳騁到各人心愛的夢鄉去。

以最純真的心，用最純真的感情，記下女兒的「純真」和「想像」，寫最純真的詩，激起純真的想像。這正是純真和想像之美。

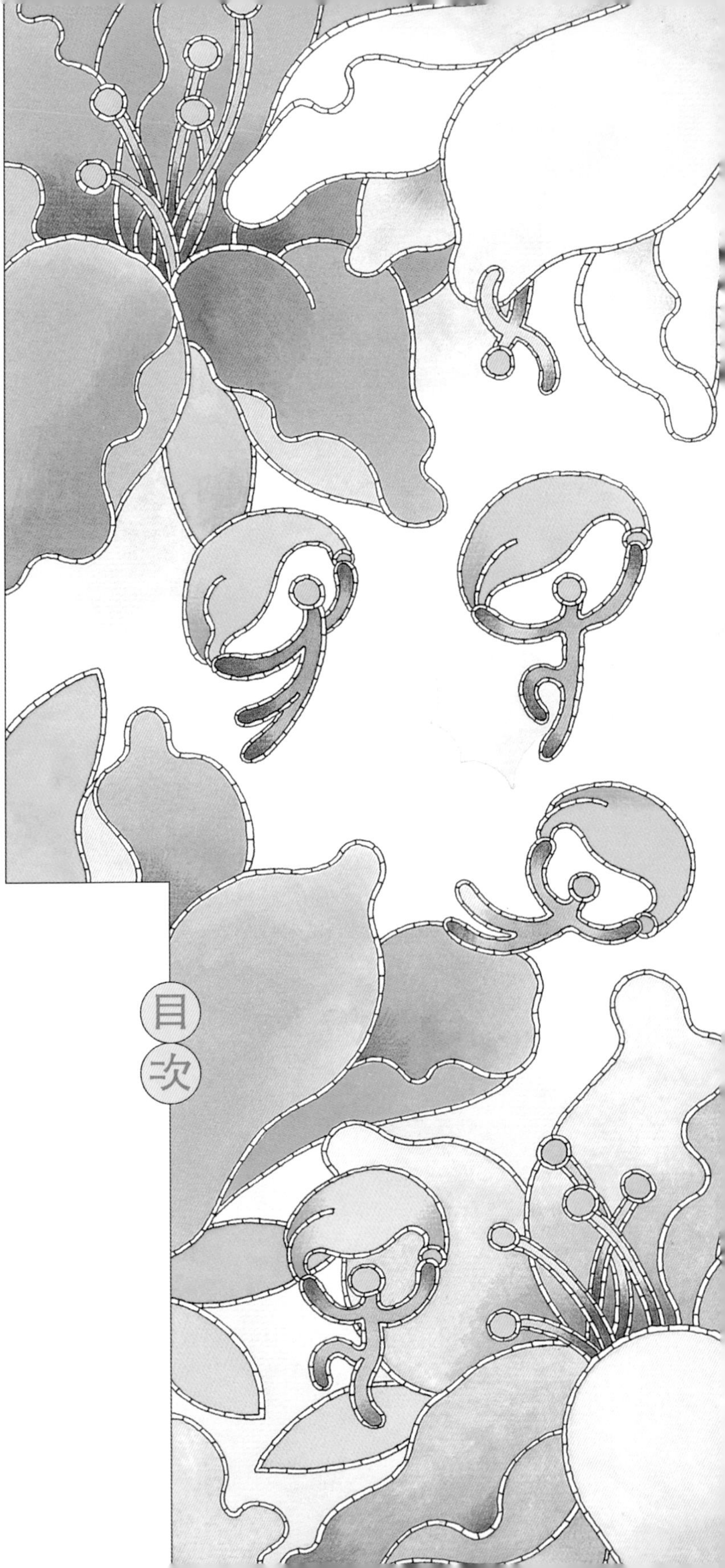

目次

旋轉木馬

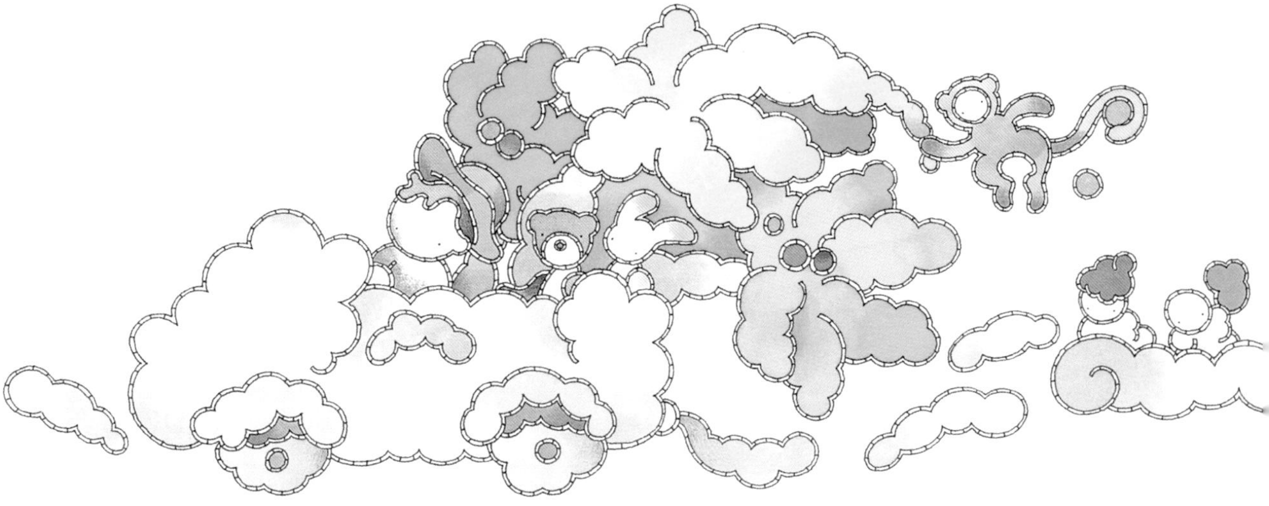

網起一河星月

黃昏在河面上
輕輕落下
夜
慢慢升起

漁船是一盞一盞
螢火蟲似的燈
遠遠的眨眼
將呢喃細語
溫柔地互相傳送

我們駕著一葉小舟
斜斜地躺著
傾聽魚兒向空中浮雲
喁喁低訴

待夜升到頂點
月亮和星星睡入水底
我們緩緩高舉
夢幻織成的晶瑩絲網
撒入靜待的河心
網起一河星月

你喜歡在河面上、斜躺在小船裡，
等月亮和星星升起，
再用網將映入河心的星月網起來嗎？
這個以夢幻織成的晶瑩的絲網，
應該是什麼樣子？
網起來的星月又是什麼樣子？

旋轉木馬

旋轉木馬　轉呀轉的
旋轉木馬　轉呀轉喲
旋轉木馬　達達達達
快樂地馳騁
在圓圓的座檯上
奔騰在心愛的夢鄉

旋轉木馬　叮叮叮叮
你騎一匹紅色木馬
徜徉在不停歌唱的多瑙河畔
快華爾滋悠揚入雲
跳動著無數人的心

旋轉木馬　噹噹噹噹
她想騎白色木馬
高高的　帥帥的
在香頌優雅聲中
翱翔於鐵塔的家鄉
看一眼高塔尖頂
映一下塞納河心的身影

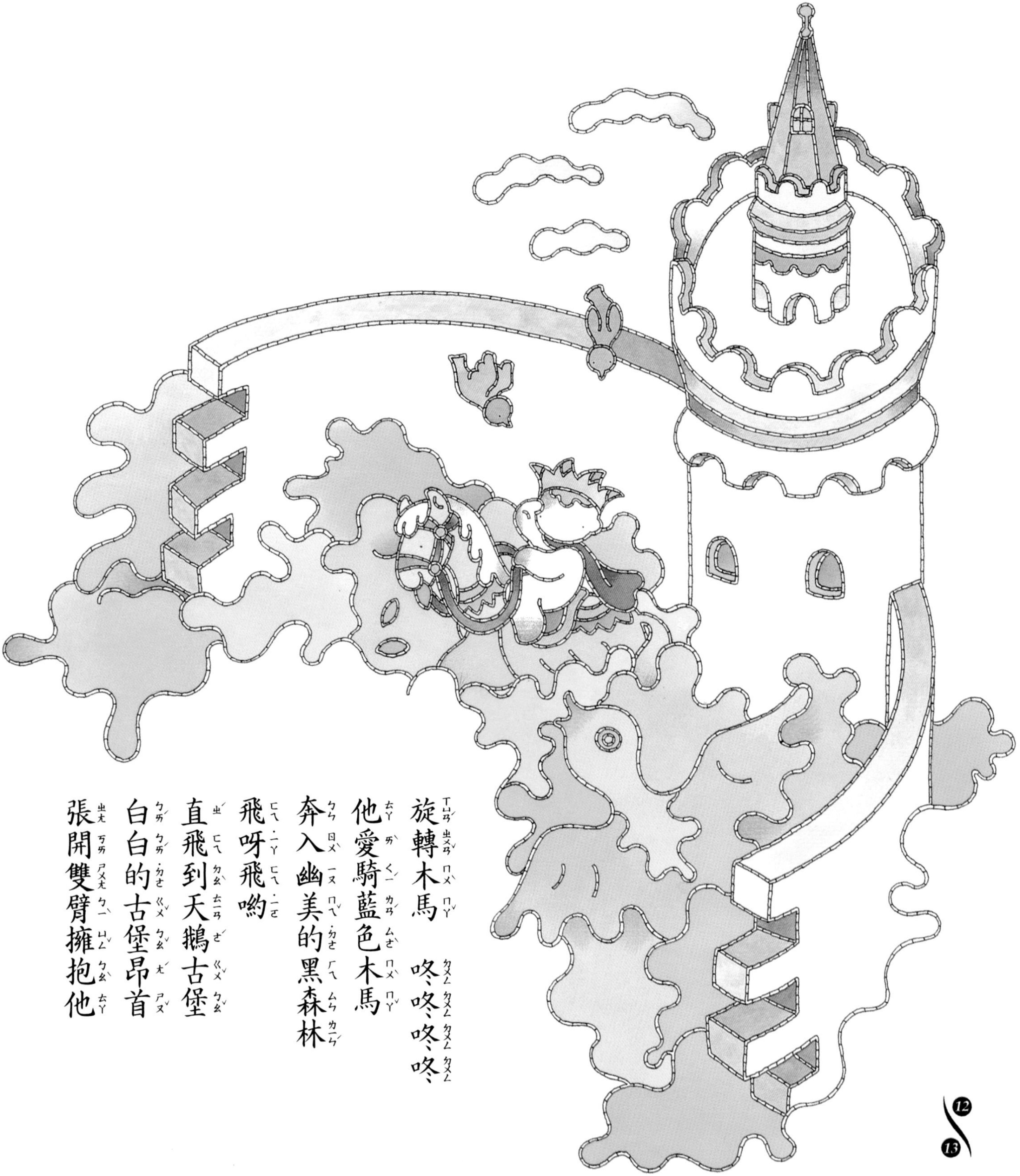

旋轉木馬　咚咚咚咚
他愛騎藍色木馬
奔入幽美的黑森林
飛呀飛喲
直飛到天鵝古堡
白白的古堡昂首
張開雙臂擁抱他

旋轉木馬　登登登登
我要騎橙色木馬
輕輕走入剛睡醒的小村
呼喚伴我成長的溪河
親親正要升起的太陽
聽聽晨起的鳥兒唱歌

旋轉木馬　丹丹丹丹
轉呀轉的
快樂地馳騁
在每人心愛的夢鄉

嘩！轉呀轉的旋轉木馬！
你一定騎過的。
你喜歡什麼顏色的木馬？
你想騎到哪一國去？
詩中的幾位人物到底去了哪幾個地方？
你猜得出來吧！
你願意跟他們一起轉呀轉的嗎？

雲在旅行

我在地上時
雲在我頭上
我在飛機裡
雲在我腳下

這一大片雲
像媽媽的山水畫
那一大片雲
像寬闊的汪洋
中間翻騰嬉戲的海豚

雲又像精緻的生日蛋糕
像許多許多足印
像旋轉的滑梯
像大片美麗的壁毯
像芭蕾舞的夢境
像無垠的雪地

雲不需要飛機
也不需要翅膀
更不需要雙足
雲能天天逍遙自在
雲
到處旅行

雲在天上、雲在腳下，
到處都是美麗的雲。
像什麼呢，那些雲？
站在地上和坐在飛機裡看到的雲，
是不是讓你感覺非常不一樣？
你也羨慕雲能自由自在到處旅行嗎？

跳舞

你說話時
話在空氣中跳舞
淘氣的從你口中
咚咚咚進我耳朵

花綻放時
芳香在花園裡跳舞
讓蜜蜂辛勞採蜜
叫蝴蝶也來翩翩

溪水流時
小波在水中跳舞
圈起小小的漩渦
水面漾出最美的笑顏

過生日時
霧樣的煙氣跳舞
乾冰快樂地唱歌
蛋糕歡呼著飛翔

很多東西都會跳舞，對不對？
生日蛋糕放在乾冰上，
乾冰就會升起霧一樣的煙氣，
繞著生日蛋糕高興地唱歌跳舞，
你注意過嗎？

在彩虹上盪秋千

七彩的彩虹
圓弧一樣彎在那兒
像女孩子清秀的眉毛
像一拱可愛的橋

我要在彩虹上盪秋千
晃過來　晃過去
輕輕地晃在橋的兩邊
看看不同的顏色裡
是不是都有一個彩色的夢

我要在彩虹上盪秋千
晃過去　晃過來
輕輕地晃在她眉毛兩邊
看看亮亮的眼睛裡
是不是都藏有我的影子

你見過彩虹吧？
試著想像一下，
在彩虹上盪秋千是不是
很特別、很好玩、很過癮呢？
晃過去、晃過來的時候，
你希望看到什麼？

愛變的季節

植物園裡
荷花一朵一朵昂首
荷葉滑滑游在水面
魚兒快樂跳躍遊戲

醉月池中
荷花一瓣一瓣垂頭
荷葉軟軟小入水底
魚兒幽幽沉進睡夢

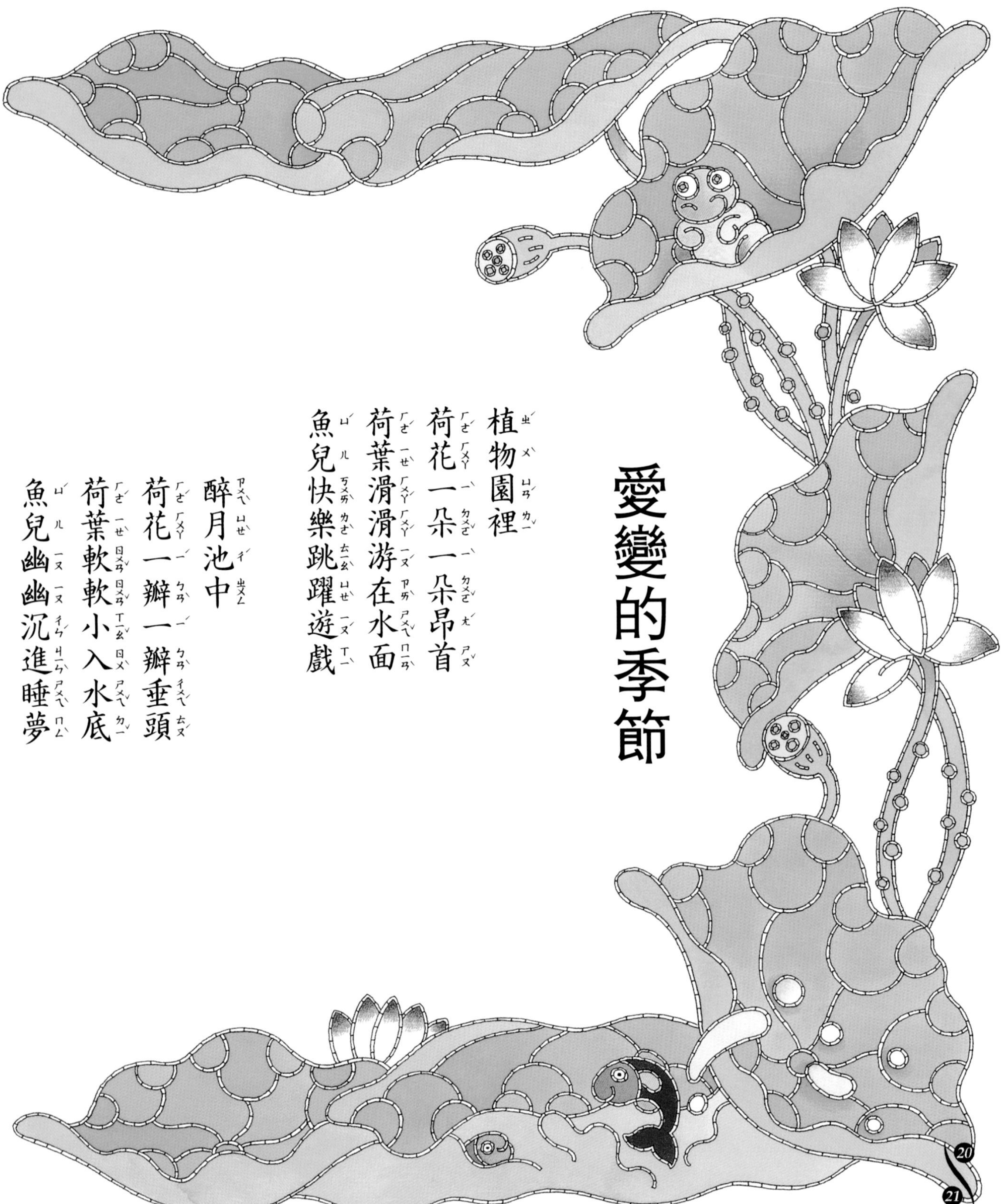

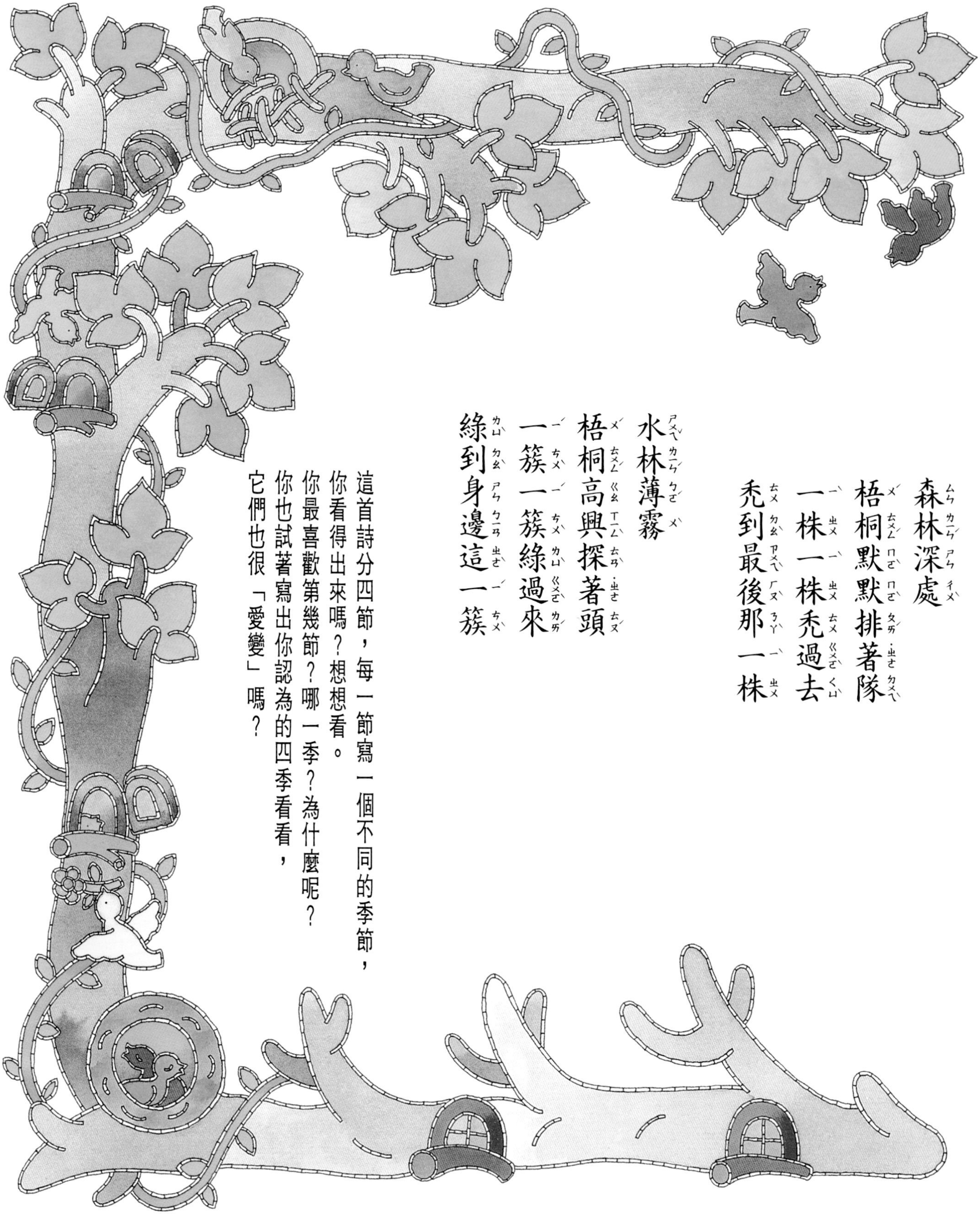

森林深處
梧桐默默排著隊
一株一株禿過去
禿到最後那一株

水林薄霧
梧桐高興探著頭
一簇一簇綠過來
綠到身邊這一簇

這首詩分四節，每一節寫一個不同的季節，你看得出來嗎？想想看。
你最喜歡第幾節？哪一季？為什麼呢？
你也試著寫出你認為的四季看看，它們也很「愛變」嗎？

祕密

媽媽
這些花都在唱歌
你聽　你聽
康乃馨哼著搖籃曲
玫瑰歌頌粉紅人生
跳舞蘭載歌載舞
醉在華爾滋的旋律中
唱思鄉吟的是
枝枝離鄉的鬱金香
百合的嘴張得最圓
歌聲最動人

還有這白的牆壁
這光光的玻璃
它們都在和著

你有沒有聽到
爐上的水也在開心的唱
讓茶在它懷裡
一葉一葉舒暢地
訴說心底深處的
祕密

每一種花都有自己特別的歌聲，
甚至連牆壁、玻璃、水、茶葉
都會唱自己的歌。
你有沒有時時注意不同的物件，
傾聽它們的心聲？

說話

下雨時
風在雨的耳邊
有時大聲地吼叫
有時溫柔地呢喃

晴朗時
高高的天空
用暖暖的太陽
向大地訴說
它看到的遠方風光

春天來了
小花開心地笑
對綠綠的草地
描繪顏色美麗的神話
還有風箏如何飛起

而我
我心裡有許多小祕密
要到哪一個季節
才能對我的海洋說話？

風雨在說話，天地在說話，花草在說話。
你有沒有覺得自己也有很多話想說？
能說的時候，你會先對誰說？
爸爸媽媽嗎？老師嗎？同學嗎？
或是對你的海洋說？

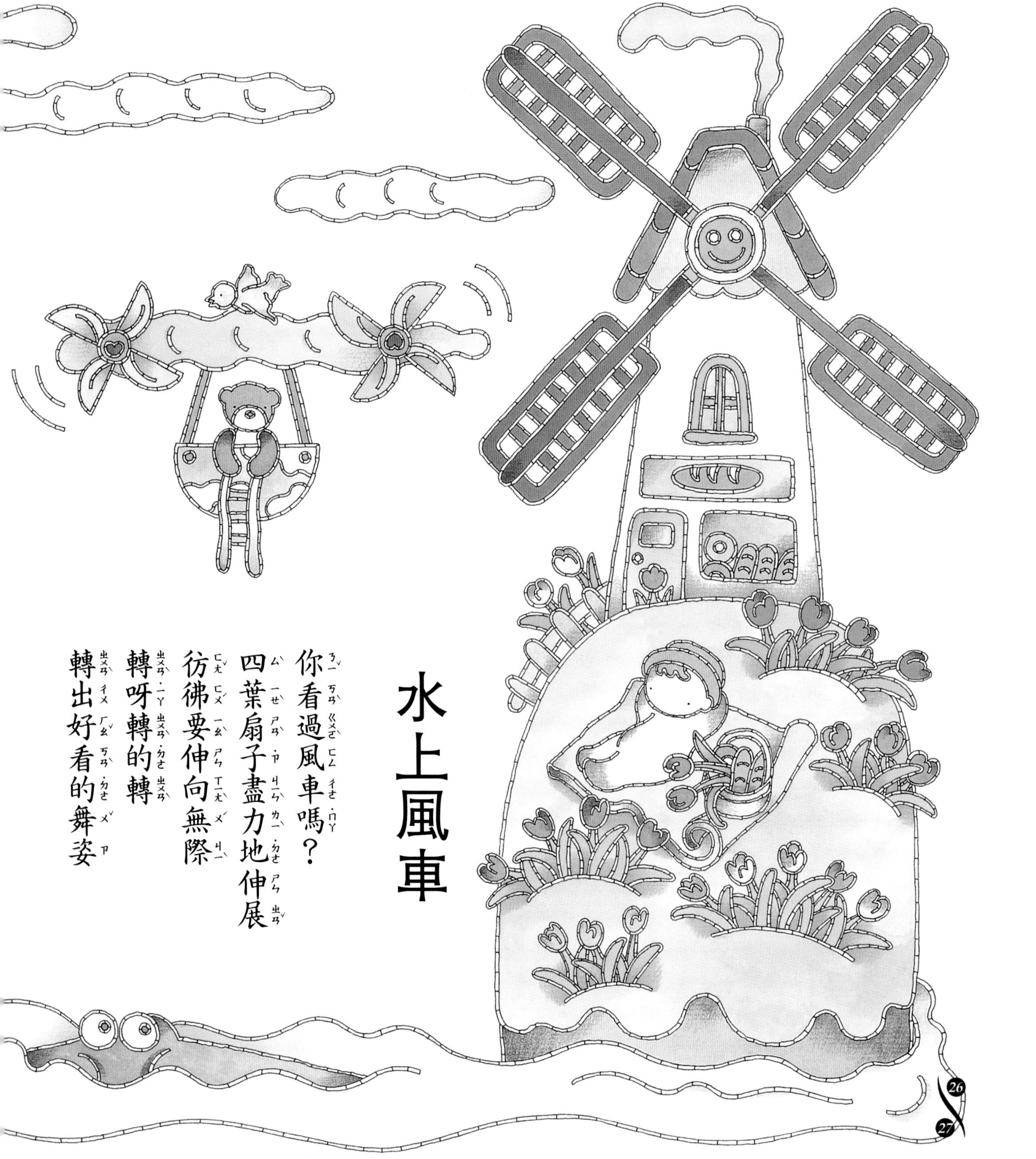

水上風車

你看過風車嗎？
四葉扇子盡力地伸展
彷彿要伸向無際
轉呀轉的轉
轉出好看的舞姿

你看過水上風車嗎？
小河環繞整個小鎮
水上風車就在水上
悠閒地站著
向河水伸展長長的手
河水輕輕地流
磨輪緩緩地轉
轉呀轉的轉
炎夏裡轉出舒服的涼意

你看過風車，還是看過水上風車？
它站在小小的河上，與世無爭，
河水慢慢流，風車緩緩轉，
在寧靜的小鎮裡，
是非常美麗的一幅圖畫呢！

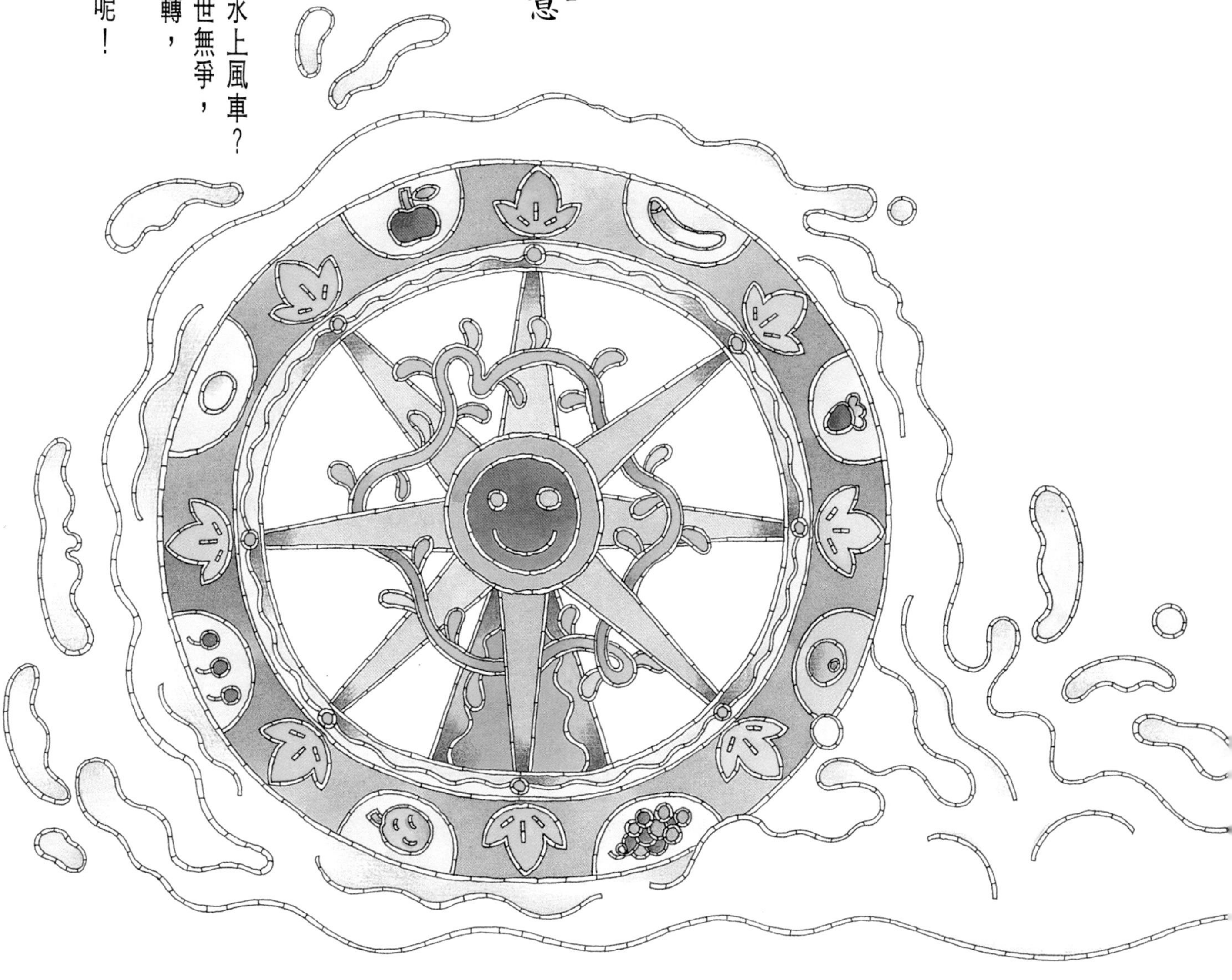

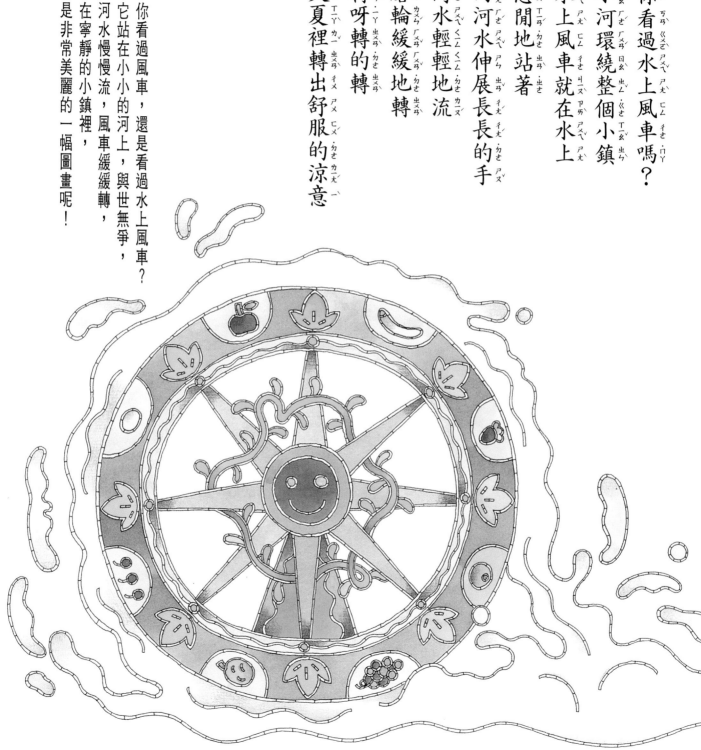

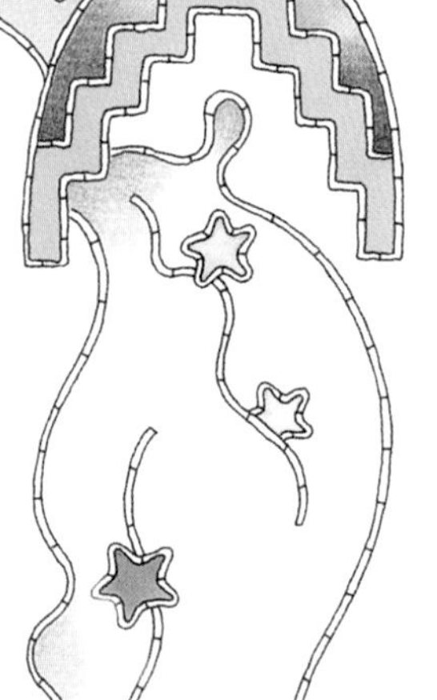

在星空下入夢

那是一個小小城堡
爸爸用他的愛心
替我們開護城河
媽媽用她的慧心
給我們築防難牆
爸爸最愛講故事了
我們齊齊躺著
星星在天空上眨眼
好像幫爸爸打拍子

媽媽也講故事
用她柔和的眼睛
訴說溫暖的親情
或用她好聽的聲音
唱出我們平安的童年

我們都披著星光
聽著　想著　唱著
醒著　睡著　夢著

我們都在
星空之下入夢

在星空之下入夢，是不是很美呢？
你曾經享受過讓月亮和星星陪著你、
聽爸爸媽媽講故事，愉快地睡著嗎？
還沒有的話，你想不想嘗試看看？

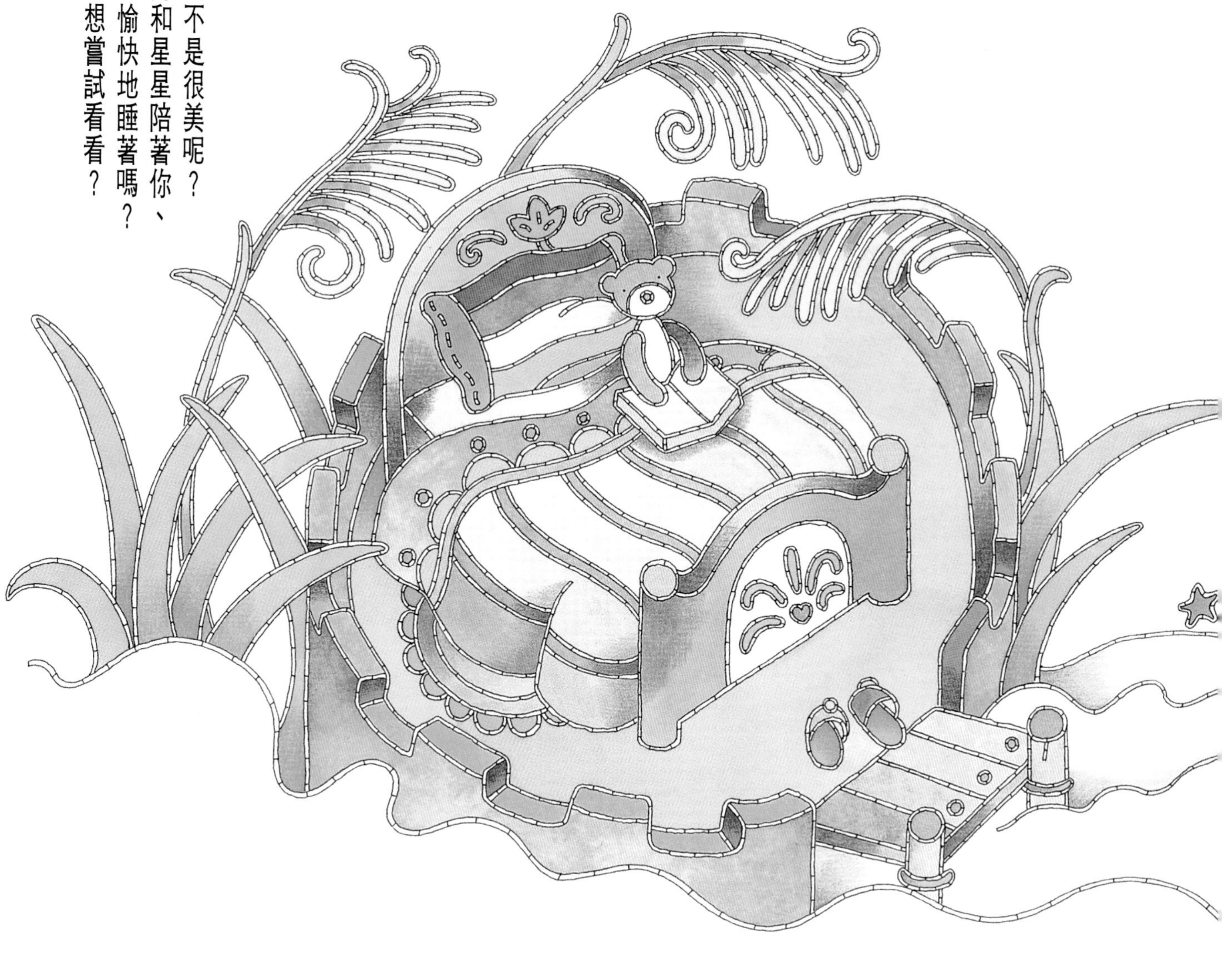

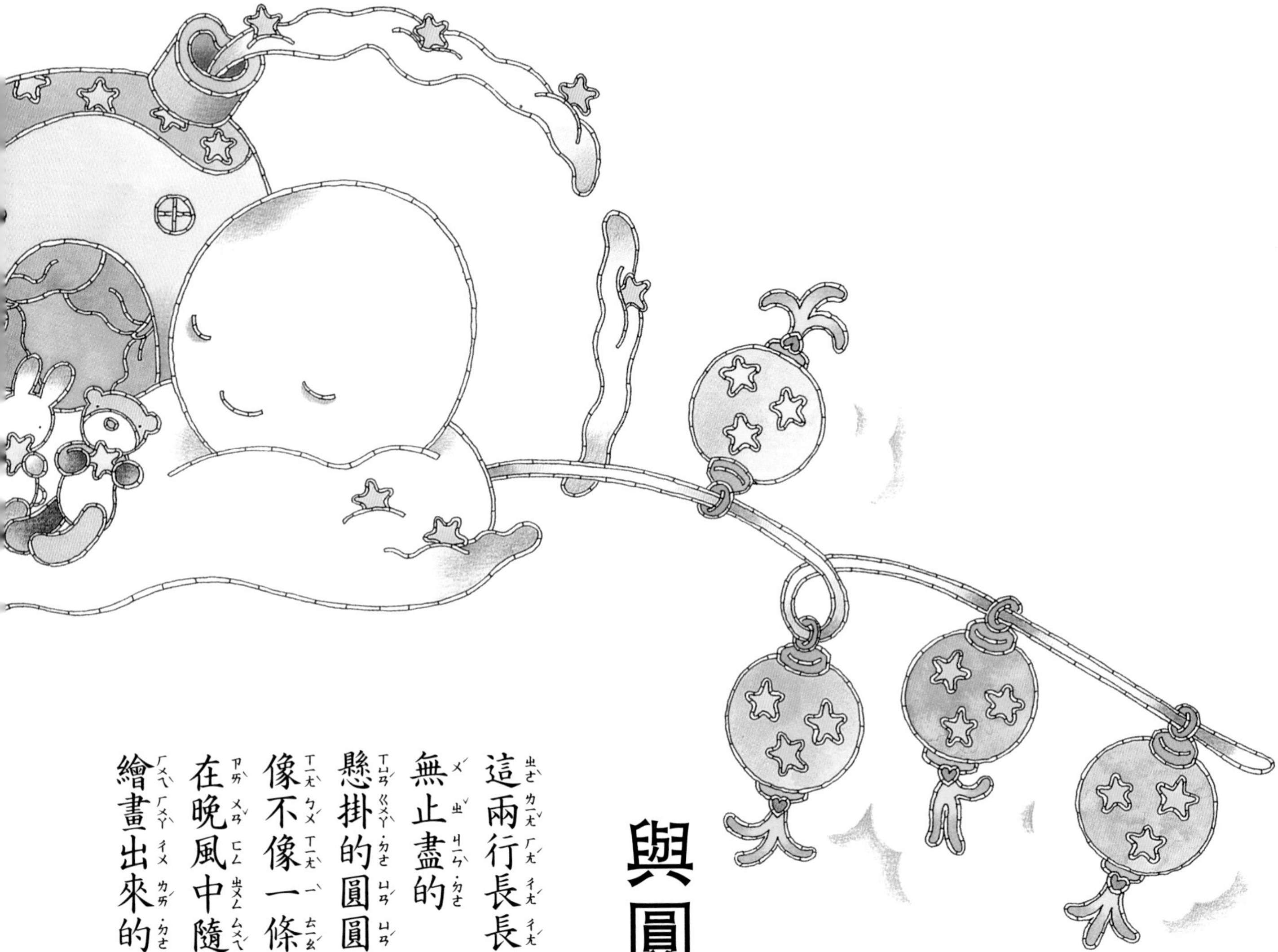

與圓月有約

這兩行長長
無止盡的
懸掛的圓圓燈籠
像不像一條河
在晚風中隨波蕩漾
繪畫出來的圈圈漣漪

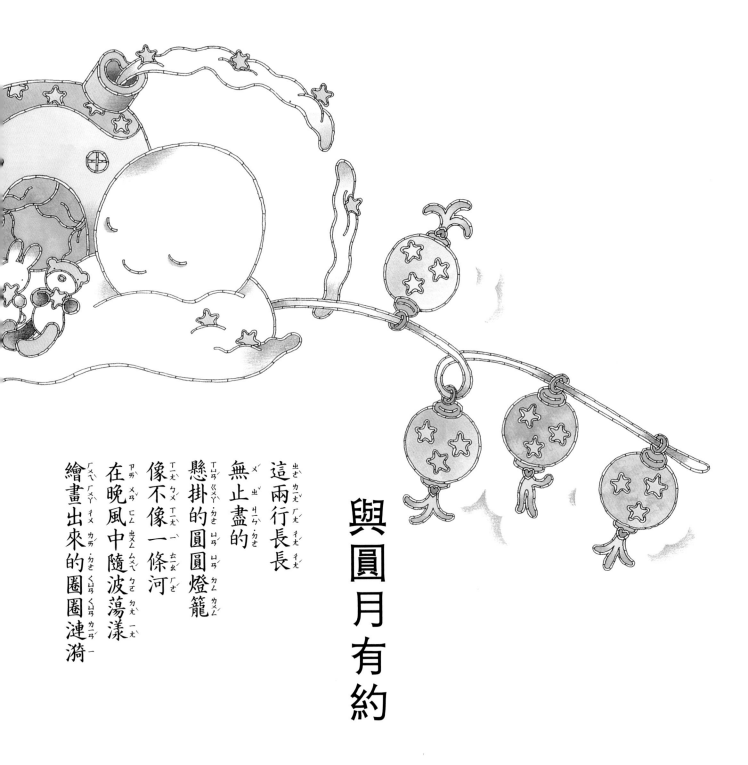

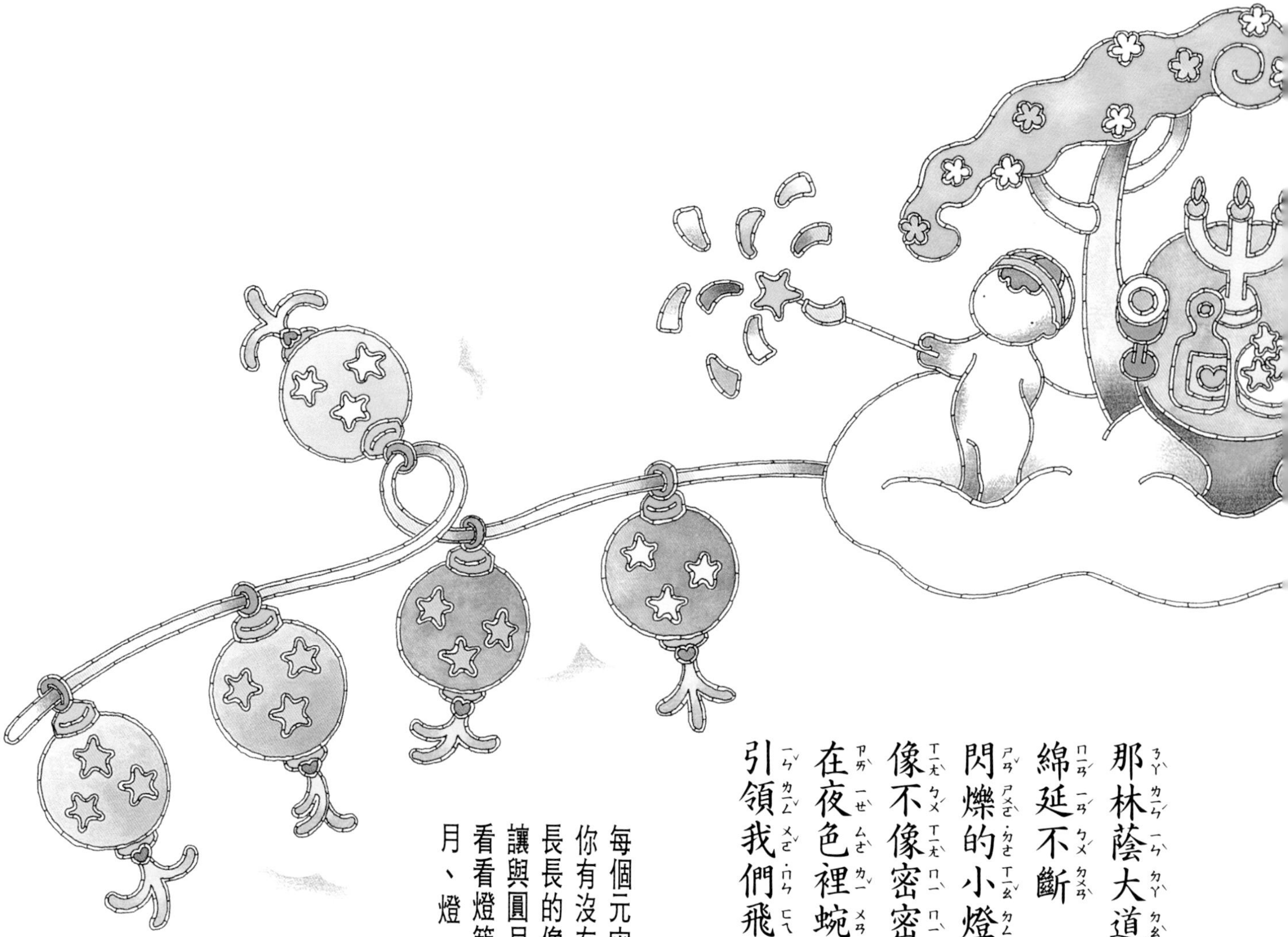

那林蔭大道兩旁
綿延不斷
閃爍的小燈網
像不像密密的星辰
在夜色裡蜿蜒的夢幻之路
引領我們飛向天際

每個元宵節，你都會去看燈吧？
你有沒有覺得，元宵節的燈籠，
長長的像一條河，像夢幻之路，
讓與圓月有約的我們，
看看燈籠、看看月亮，一時之間，
月、燈、人，完全渾為一體了。

由春天開始

春

輕快地飛揚　穿越萬物
在溫柔微漾的水面
飛進每人的生命

夏

悠悠地　懶懶地
哼著慵緩的曲調
在暖暖的水上漫步

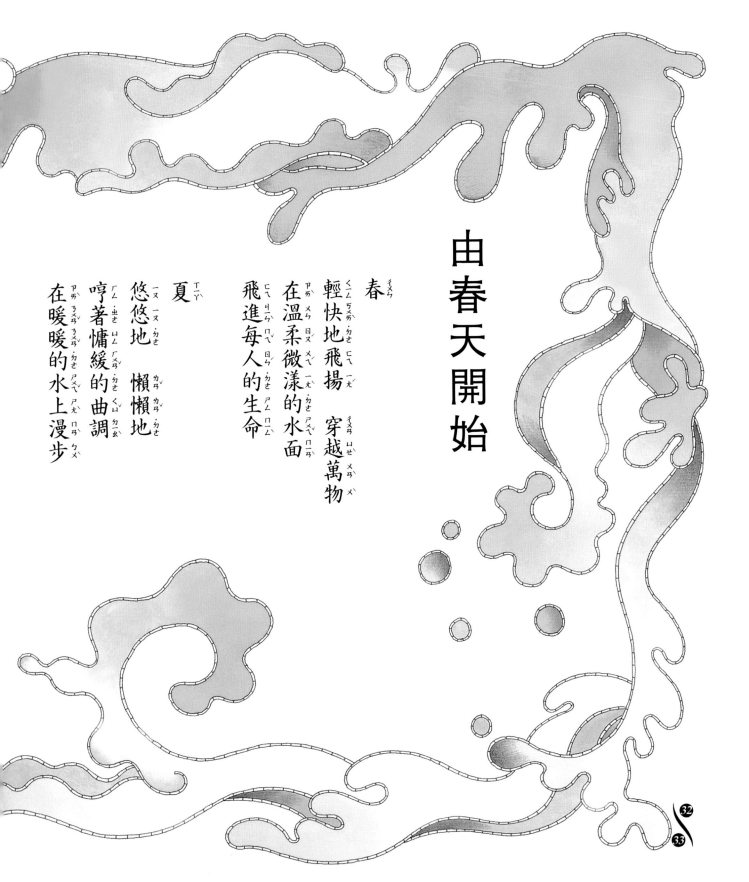

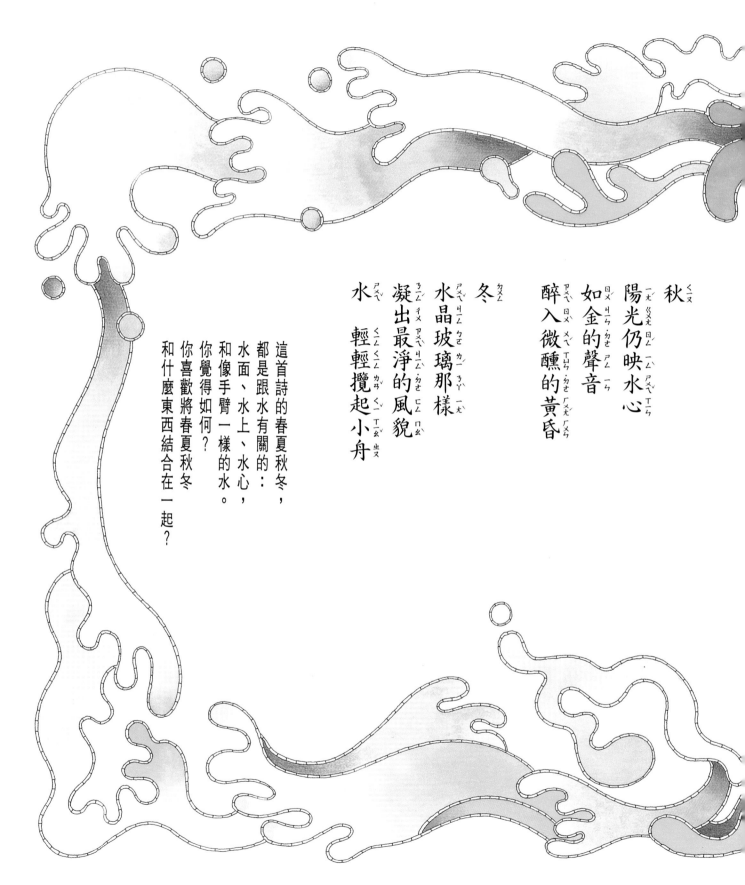

秋

陽光仍映水心
如金的聲音
醉入微醺的黃昏

冬

水晶玻璃那樣
凝出最淨的風貌
水　輕輕攬起小舟

這首詩的春夏秋冬，
都是跟水有關的：
水面、水上、水心，
和像手臂一樣的水。
你覺得如何？
你喜歡將春夏秋冬
和什麼東西結合在一起？

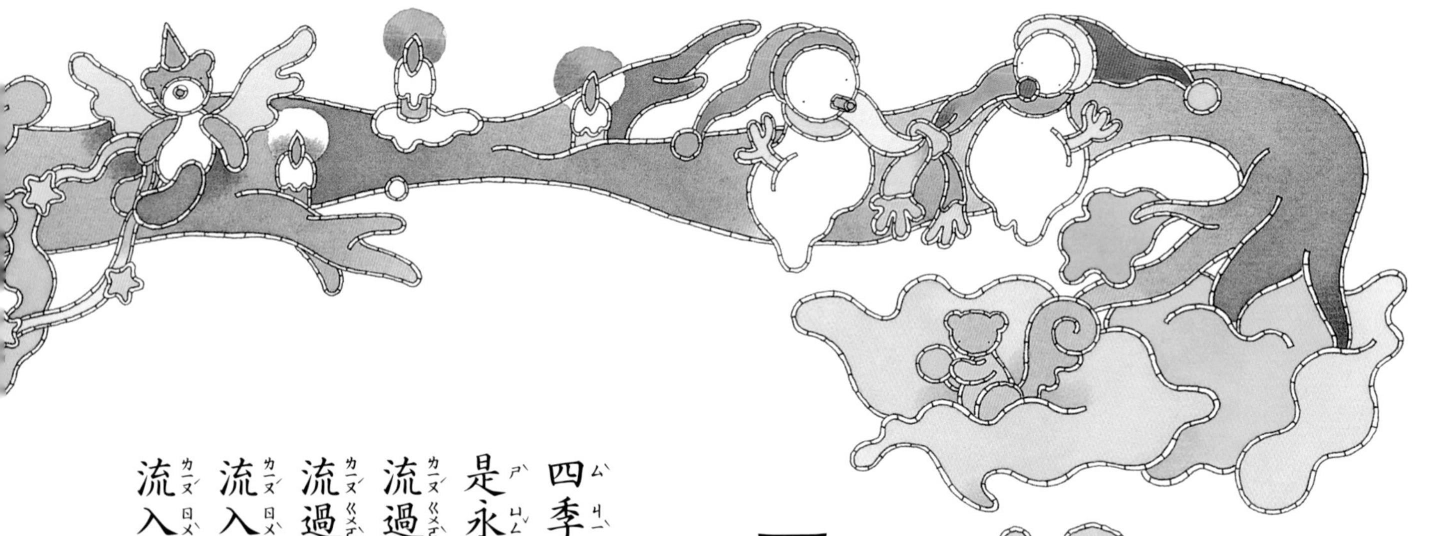

四季

四季

是永不停止流動的水
流過每一戶人家
流過一座座美美的橋
流入我雙眼
流入我雙耳

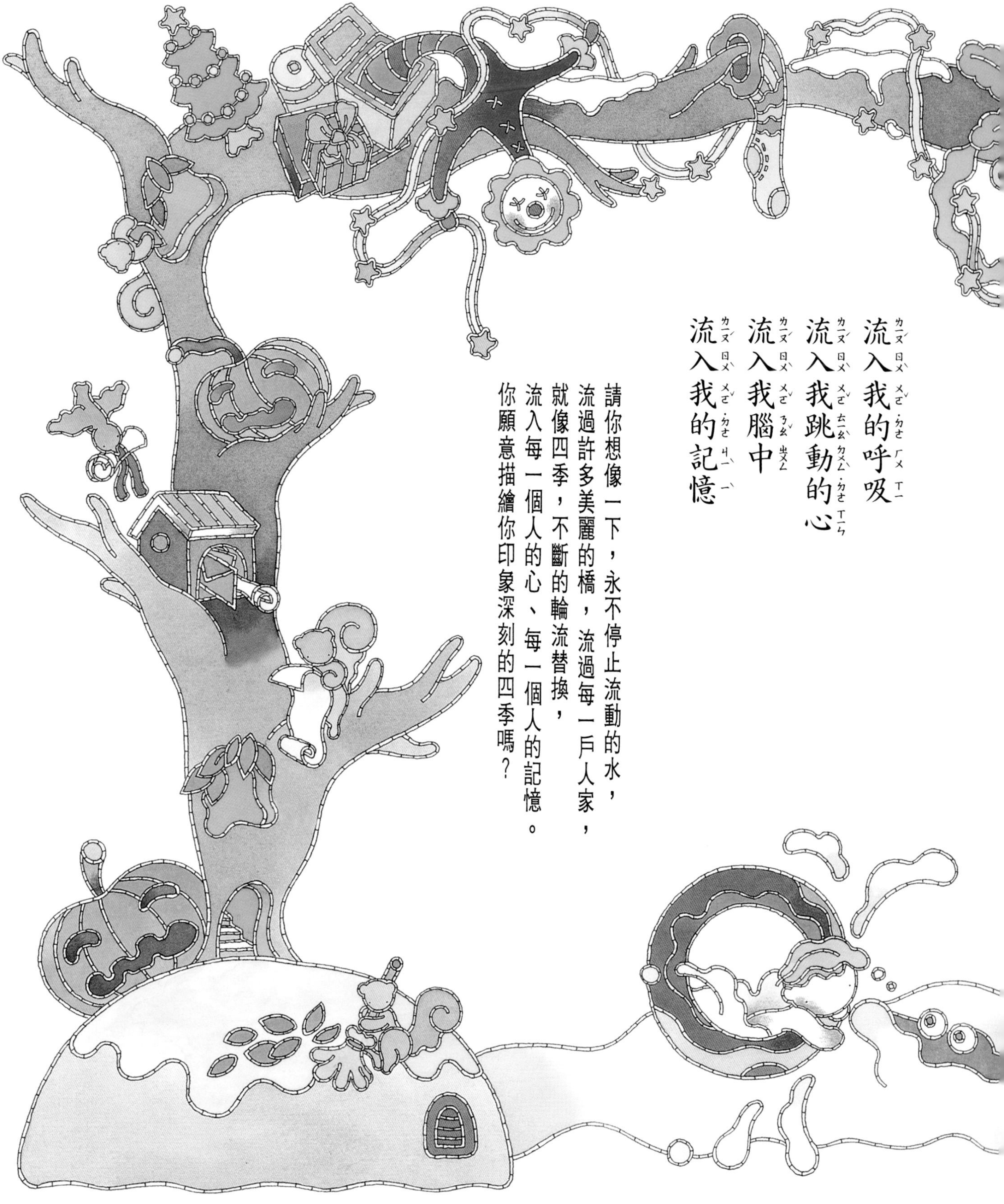

流ㄌㄧㄡˊ入ㄖㄨˋ我ㄨㄛˇ的ㄉㄜ˙呼ㄏㄨ吸ㄒㄧ

流ㄌㄧㄡˊ入ㄖㄨˋ我ㄨㄛˇ跳ㄊㄧㄠˋ動ㄉㄨㄥˋ的ㄉㄜ˙心ㄒㄧㄣ

流ㄌㄧㄡˊ入ㄖㄨˋ我ㄨㄛˇ腦ㄋㄠˇ中ㄓㄨㄥ

流ㄌㄧㄡˊ入ㄖㄨˋ我ㄨㄛˇ的ㄉㄜ˙記ㄐㄧˋ憶ㄧˋ

請你想像一下，永不停止流動的水，
流過許多美麗的橋，流過每一戶人家，
就像四季，不斷的輪流替換，
流入每一個人的心、每一個人的記憶。
你願意描繪你印象深刻的四季嗎？

杜鵑花城

這一叢是白的
那一叢是紅的
還有四周爭相與我說話
淺紫的　粉桃的
還有白中帶紅
　紫中帶桃
它們用濃淡不同的顏色
　用深淺各異的程度
將小城畫得燦爛繽紛

初長的花蕾
像害羞的小姑娘
含苞待放的
像我可愛的姊姊
美麗綻開的
像媽媽帶笑的臉龐

我用三月盛放的杜鵑花
用我的心　用我的夢
編織一座美好小城
它　完全沒有圍繞的牆

你喜歡詩中編織的小城嗎？
如果要你也編織小城，
你會用什麼花呢？

讀畫

我最喜歡打開窗子
讀
葉子玩起躲迷藏
高挺的木棉樹
綻放豐繁的朱橙花朵
畫出的盎然春意

讀像火一般燃燒
嵌在天際間
燦爛不已的鳳凰花瓣

讀院裡一棵榕樹
晃著茂密的綠葉
畫成的清新涼夏

你也很喜歡看畫吧？
你最愛誰的畫？
你喜歡花草樹木所作的畫嗎？
記得哦！要常常細讀每一幅畫！

網濤

其實我並不想
網住任何東西
媽媽
這只是一個小小綠網
用來網住涼涼空氣
當然
如果能夠
我真想網住這些浪濤
拍湧之後退散的節奏

讓我在許多年後
依然可以向您開展
藍色海邊捲起多少層
我們恣意潑灑的歡笑
晴空緊貼碧水
亮麗的夏陽
挑動海水特有的樂聲

如果你有一個小網，
你最想網住什麼？
詩中寫網「空氣」、網「濤聲」，
是不是很特別？
跟另一首〈網起一河星月〉比較的話，
你會喜歡網「星月」還是「網濤」？

水鄉睡在水裡

水鄉睡在水裡
水裡有好多魚兒
水聲是柔柔的搖籃曲
輕輕地哄魚兒入夢

水鄉醒在水裡
水裡有好多小蝦
水聲咚咚敲小鼓
蹦蹦地讓小蝦跳舞

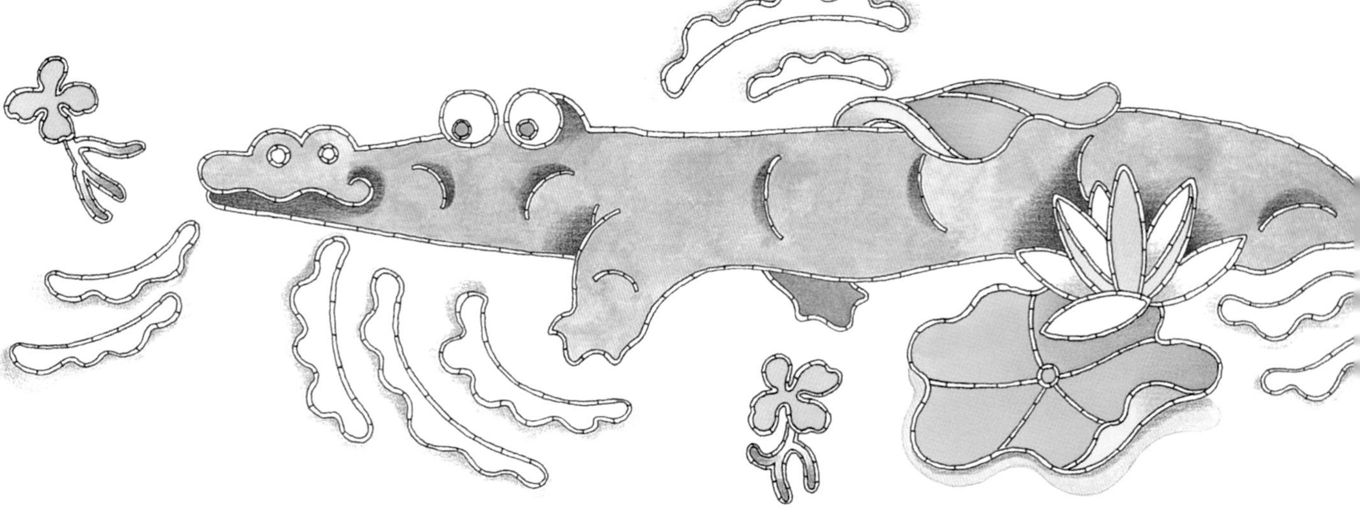

水鄉飄在水裡
水裡有好多浮萍
水聲低吹起長簫
浮萍開始他鄉的旅行
水鄉美在水裡
水裡有好多睡蓮
水聲輕拉小提琴
睡蓮漾入夢幻之鄉

你可曾見過水鄉？
你知道水裡有什麼樣的動物？
有什麼樣的植物？
有機會的話，
一定要去看看水鄉是什麼樣子；
或者，讀這首詩，再試著想像吧！

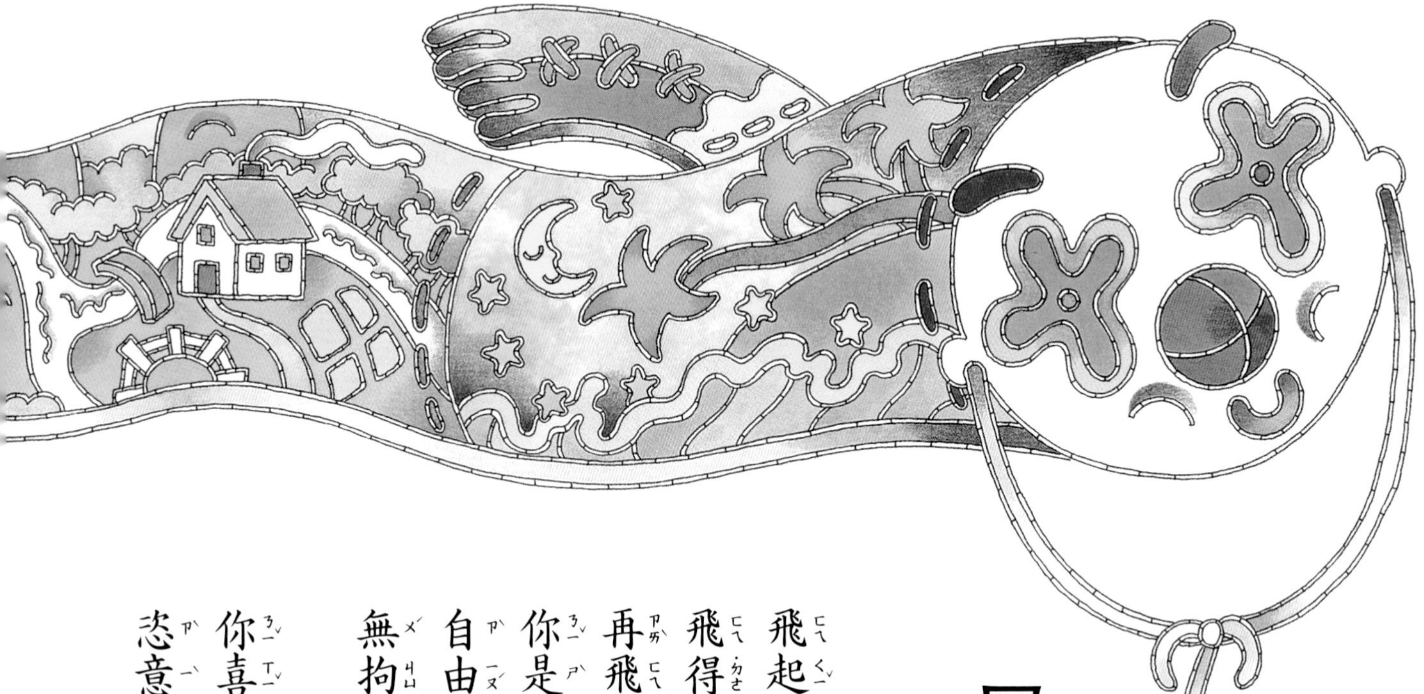

風箏

飛起
飛得高些
再飛更高
你是一條鮮活的龍
自由自在地飛翔
無拘無束地遨遊
你喜歡在曠地
恣意翻騰在遼闊的空中

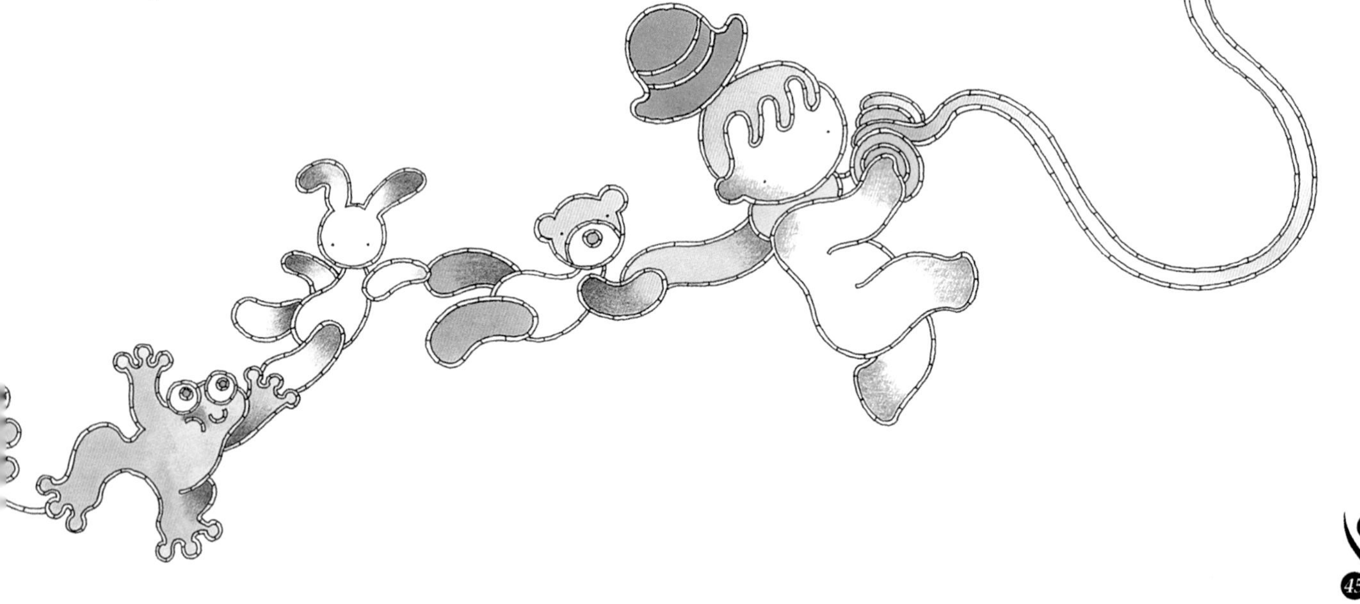

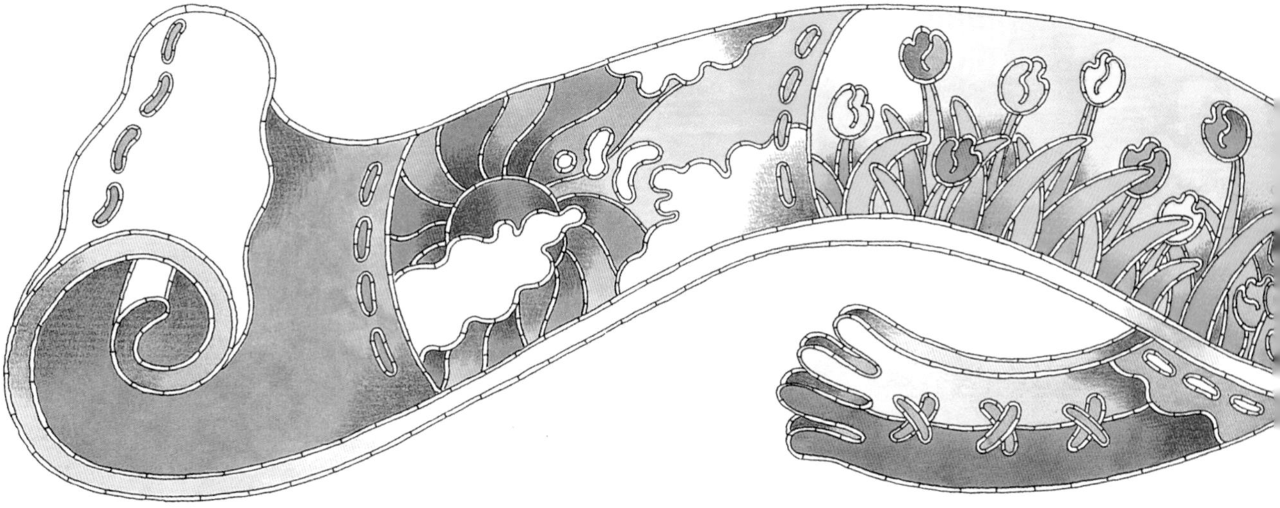

也愛在沙灘上
泡浴充滿海水特色的空氣
或在更遠的高山
無人干擾你的最美境界

長龍一樣飛起
你在風中演奏的樂音
是我們聽到的唯一天籟

詩中的風箏，
像長龍一樣鮮活生動，
飛得高高的，無人干擾，
自由自在、無拘無束；
它在風中響起的，
是天籟一樣的樂音呢！

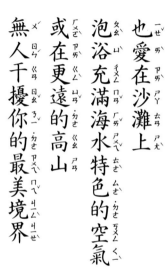

黑面琵鷺

一隻黑面琵鷺
再一隻黑面琵鷺
再一隻
再一隻

秋風才剛吹起
牠們就來南方探訪
一身白白的羽毛
一張黑黑的小臉

站在水裡
咚呀咚的
用嘴抓魚
咕嚕一聲吞下去

牠們昂首高歌
邁行幾步
然後拍拍翅膀
優雅地飛起
不時看看水中映照的自己
是不是比在寒冷的北方時
更酷更神氣

春天帶著綠葉
在枝頭開始萌芽
一隻黑面琵鷺
再一隻
再一隻
小臉上全是欣喜
並且不忘擺好可愛姿態
高高舉起雙翼
向我們揮別
輕快地直飛
飛回最早的原住地

你見過黑面琵鷺嗎？
牠們的繁殖地大約在北韓和中國大陸北方。
每年九月到隔年三月之間，
牠們會到臺灣、越南、香港過冬；
有一半以上會在臺南縣曾文溪口的沼澤溼地。
記得要好好觀賞牠們、愛護牠們、保護牠們！

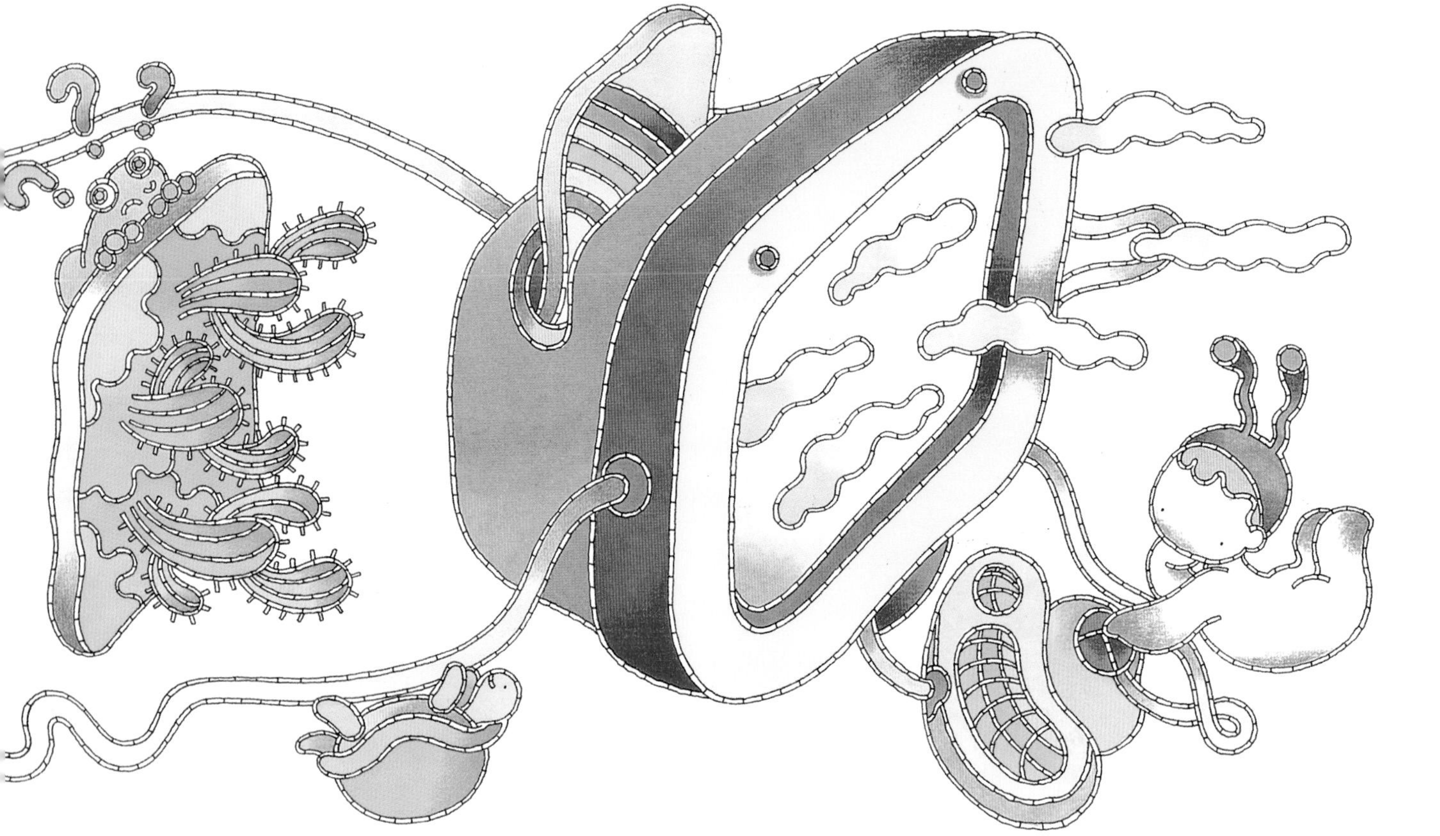

翱翔在網路上

先按開啟
電腦聽話打開
它最大的一扇門
讓我們做最美
最好的一次遠足

我們可以跟它
來一場益智遊戲
找同義字　反義字
如何帶領小烏龜
從迷宮中順利出來

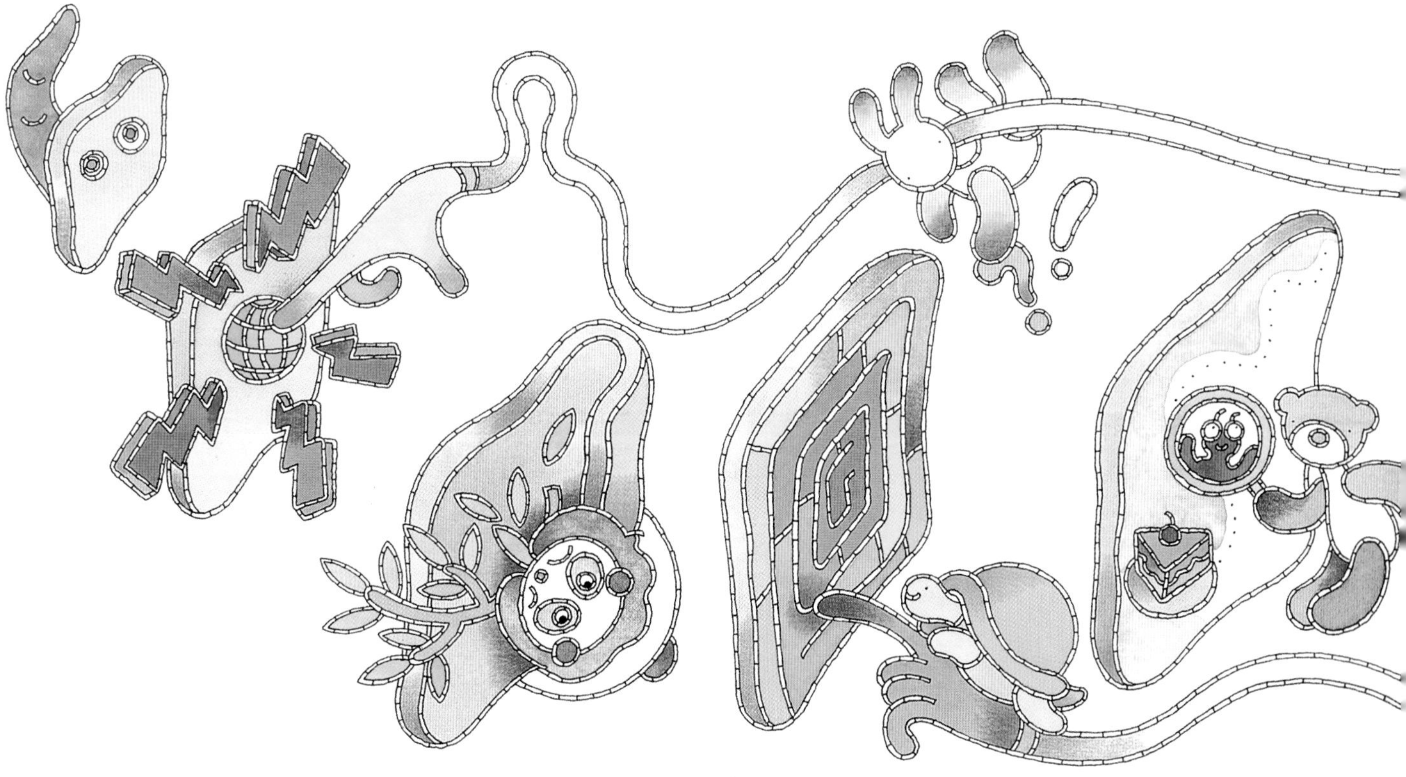

造一個文法全對
ㄗㄠˋ ㄧ ㄍㄜˋ ㄨㄣˊ ㄈㄚˇ ㄑㄩㄢˊ ㄉㄨㄟˋ
詞彙優美的句子
ㄘˊ ㄏㄨㄟˋ ㄧㄡ ㄇㄟˇ ㄉㄜ˙ ㄐㄩˋ ㄗ˙
在幽暗的森林中
ㄗㄞˋ ㄧㄡ ㄢˋ ㄉㄜ˙ ㄙㄣ ㄌㄧㄣˊ ㄓㄨㄥ
救出被困的貓熊
ㄐㄧㄡˋ ㄔㄨ ㄅㄟˋ ㄎㄨㄣˋ ㄉㄜ˙ ㄇㄠ ㄒㄩㄥˊ

遊興濃時
ㄧㄡˊ ㄒㄧㄥˋ ㄋㄨㄥˊ ㄕˊ
我們可以遍遊世界
ㄨㄛˇ ㄇㄣ˙ ㄎㄜˇ ㄧˇ ㄅㄧㄢˋ ㄧㄡˊ ㄕˋ ㄐㄧㄝˋ
或者
ㄏㄨㄛˋ ㄓㄜˇ
伸展長長的雙翼
ㄕㄣ ㄓㄢˇ ㄔㄤˊ ㄔㄤˊ ㄉㄜ˙ ㄕㄨㄤ ㄧˋ
無拘無束
ㄨˊ ㄐㄩ ㄨˊ ㄕㄨˋ
在各式各樣的網路上
ㄗㄞˋ ㄍㄜˋ ㄕˋ ㄍㄜˋ ㄧㄤˋ ㄉㄜ˙ ㄨㄤˇ ㄌㄨˋ ㄕㄤˋ
自由自在地翱翔
ㄗˋ ㄧㄡˊ ㄗˋ ㄗㄞˋ ㄉㄧˋ ㄠˊ ㄒㄧㄤˊ

現在已經是電腦的世紀了，
你跟電腦玩過什麼遊戲？
會不會想到更寬更闊的網路上翱翔，
得到更多的知識、認識更大的世界？

寫詩的人

不要以為尹玲阿姨生來就是滿頭白髮，她原本有長長的黑髮，飄呀飄的。為什麼會完全白了呢？你試著猜猜看。

小學三年級時，她就愛讀魯迅、老舍、茅盾、丁玲、巴金、冰心等人的作品，希望自己長大以後也能寫作。進入高中時，真的開始創作發表，散文、詩、小說都有。她更愛讀書，得了國立臺灣大學國家文學博士之後，又獲法國巴黎第七大學文學博士。目前同時在中文系和法文系任教。她也非常喜愛單獨旅行，欣賞不同的文化、民族、風情。

她出版了兩本詩集、數本專著、翻譯法國小說、法國詩、越南小說、越南詩。她現在最喜歡跟小朋友談天，因為，小朋友最純真、最會想像；她正跟她的女兒一起成長。她的女兒正是小朋友。

畫畫的人

莊孝先

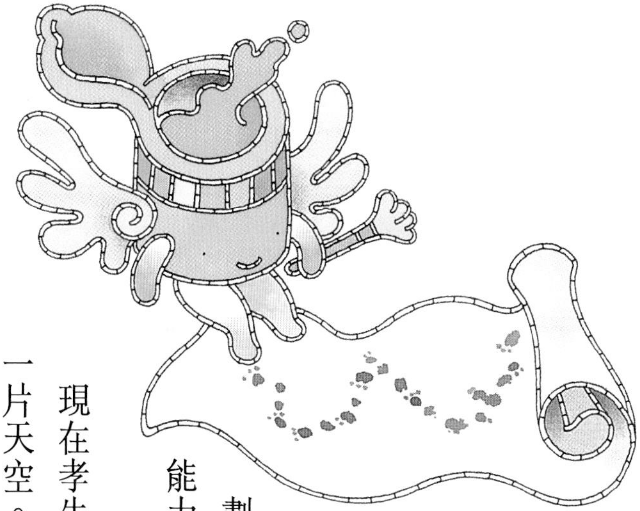

從設計系畢業的孝先，從小就和畫畫斷不了關係，在美術班裡長大的她以為畫畫只是一種用來考試的工具。

一直到進入社會，內心漸漸滋長的空虛才將在電腦螢幕前工作的她喚醒。她關掉電腦，走出公司的大門，抬頭看見一隻正在飛的鳥劃過天空。因為鳥的自由，孝先渴望有飛翔的能力，而她知道畫畫是唯一的翅膀。

現在孝先開始在學習飛翔了，她期待能有屬於自己的一片天空。

童年是～～

童年是
終日無所事事
不知哼什麼那樣哼不知唱什麼那樣唱
自自在在一步一步踏出來的滿心的快樂

童年是
無所事事
躺在野花紅似火的山坡上看藍天裡白雲追趕著白雲或
躺在晒穀場上夜的大傘下數一夜也數不完的星星

（圖、文選自葉維廉著、陳璐茜繪之《樹媽媽》）

彩色的夢

兒童文學叢書

・童話小天地・

奇妙的紫貝殼
簡　宛・文　朱美靜・圖

奇奇的磁鐵鞋
林黛嫚・文　黃子瑄・圖

九重葛笑了
陳　冷・文　吳佩蓁・圖

智慧市的糊塗市民
劉靜娟・文　郜欣／倪靖・圖

丁伶郎
潘人木・文
鄭凱軍／羅小紅・圖

銀毛與斑斑
李民安・文　廖健宏・圖

屋頂上的祕密
劉靜娟・文　郝洛玟・圖

石頭不見了
李民安・文　翱　子・圖